SCOOBY-DOO! et le fantôme hip hop

Texte de James Gelsey
Illustrations de Duendes del Sur
Texte français de Marie-Carole Daigle

WORLD WIDE PUBLISHING
TM

Les éditions Scholastic

Pour Andrew et Nanci

Données de catalogage avant publication (Canada)

Gelsey, James
 Scooby-Doo! et le fantôme hip hop

(Mystères Scooby-Doo; n° 4)
Traduction de : Scooby-Doo! and the groovy ghost.
ISBN 0-439-98552-8

1. Daigle, Marie-Carole. II. Titre. III. Collection.

PZ23.G396Scoc 2000   j813'.54   C00-931670-1

Édition publiée par Les éditions Scholastic, 175 Hillmount Road,
Markham (Ontario) L6C 1Z7

12 11 10 9 8 7 6 5 4 3 2 1   Imprimé au Canada   00 01 02 03 04

« Nous y sommes les amis, voici le théâtre du Palais », dit Fred. Il dirige la Machine à mystères vers un terrain de stationnement face au théâtre.

« Franchement, il était temps! » lance Sammy.

« Qu'y a-t-il, Sammy? demande Daphné. Tu ne veux rien manquer du concert de piano? »

« Non, je veux qu'il reste quelque chose à manger, réplique Sammy. Franchement, je meurs de faim. »

« Roi aussi », reprend Scooby-Doo en hochant la tête.

« Sur ces billets que nous avons gagnés à la radio, on dit que le concert a lieu après la réception », signale Fred en examinant les billets.

« Dis donc, elle commence quand, cette réception? » demande Sammy.

Fred regarde un billet, puis consulte sa montre : « Immédiatement! »

« Alors, qu'est-ce qu'on attend? demande Sammy. Bougeons-nous, car un repas nous attend de l'autre côté de la rue! »

Les amis sortent de la camionnette et traversent la rue. Devant le théâtre, ils voient des jeunes agiter des pancartes sur lesquelles est inscrit « SAUVONS LE PALAIS ».

« Que se passe-t-il? » demande Véra.

Avant d'avoir une réponse, une limousine s'arrête près d'eux. Il en sort un grand homme portant un smoking, et la foule se met à le huer. L'homme salue la foule de la main et entre rapidement dans

le théâtre.

« Bon sang! Je me demande ce qu'il a bien pu faire pour que ces gens soient si en colère », s'interroge Daphné.

« Je ne sais pas, mais ça doit être assez grave », ajoute Véra.

« Excusez-moi, dit Fred à l'un des jeunes. Pourquoi avez-vous hué cet homme? »

« Écoutez, ce type est un traître, répond l'adolescent. Pour faire de l'argent, il nous a tous trahis, tout comme sa musique, d'ailleurs. »

« Ah! bon… » dit Sammy.

Une adolescente qui se trouve près du garçon s'approche.

« Ted, laisse-moi leur expliquer, dit-elle au jeune avant de s'adresser à Sammy et à ses amis. Je m'appelle Lisa, et nous sommes ici afin de sauver le théâtre du Palais. Nous ne voulons pas qu'il soit démoli. »

« Exact, dit Ted. Et le traître qui est sorti de la limousine s'appelle Tom Magnet. »

« Qui est ce Tom Magnet? » demande Daphné.

« Vous le connaissez probablement sous le nom de Tam-Tam », précise Lisa.

« Dis donc, tu veux dire Tam-Tam Magnet, la vedette hip hop? demande Sammy. C'était donc lui? Super! Ce concert commence à m'intéresser, finalement! »

« Un instant, interrompt Véra. Je croyais que Tam-Tam Magnet ne donnait plus de spectacles depuis quelques années. »

« C'est vrai, poursuit Lisa. Après être devenu une grande vedette bien riche, il s'est lancé dans l'immobilier. Il a fait tellement d'argent qu'il a décidé d'abandonner le hip hop. »

« Alors, qu'est-ce qu'il fait ici? » demande Fred.

« Il achète les vieux théâtres et les transforme en mégaplexes, poursuit Lisa. On dit qu'il s'apprête à démolir le Palais. »

« Ça alors! s'étonne Véra. C'est vraiment malheureux. »

« Surtout quand on sait que sa carrière de vedette hip hop a justement pris son envol dans ce théâtre, ajoute Lisa. Voilà pourquoi nous manifestons, mes amis et moi. »

« Excusez-moi, interrompt Sammy : si Tam-Tam Magnet ne fait plus de spectacles, qui donc donne le concert de ce soir? »

« Un Beethoven à la gomme boutonné jusqu'au cou », répond Ted.

« R'wouf ? » demande Scooby.

« C'est Hugo Frescanini, le pianiste célèbre dans le monde entier », répond Véra.

« Ça ne m'inspire pas du tout, dit Sammy. Sauf que Scooby et moi pouvons manger au son de n'importe quelle musique. N'est-ce pas, Scoob? »

« Exact! » aboie Scooby en agitant la queue.

« Dans ce cas, allons-y, dit Sammy. À table! »

« À rable! » répète Scooby.

Chapitre 2

L es amis entrent dans le théâtre du Palais.
« Ça alors! dit Véra. Vous avez vu ce hall! »

La pièce est tapissée d'immenses affiches de grands films et de grands acteurs d'autrefois. Un énorme lustre en cristal est suspendu au beau milieu du hall bondé d'invités qui se promènent et qui bavardent en attendant le concert.

« Si ça, c'est le hall, je me demande quelle est la dimension de la salle », dit Fred.

« Scooby et moi, on se demande plutôt quelle est la grosseur du buffet, mentionne Sammy. D'ailleurs, où se trouve ce buffet? »

« C'est juste ici, sous l'affiche *Les Sables du Caire* », dit un homme derrière eux. Les amis se retournent vers lui. « Je suis Melvin Boulet, le propriétaire », ajoute-t-il.

« Nous sommes heureux de faire votre connaissance, Monsieur, dit Daphné. Nous étions justement en train d'admirer le hall. C'est vraiment très beau. »

« Merci, répond Melvin. Je suis très fier que le théâtre soit en si bon état. C'est le plus ancien et le plus vaste de tout le pays, vous savez. Évidemment, si je ne déniche pas des artistes absolument remarquables, tous ces efforts seront inutiles. Je devrai fermer et vendre. »

« À Tam-Tam Magnet? » demande Véra.

Melvin acquiesce d'un air triste. « Oui, à Tam-Tam Magnet, soupire-t-il. Je lui ai pourtant donné un bon coup de pouce, dans le temps. Et comment me remercie-t-il? En essayant d'acheter le théâtre pour en faire un mégaplexe. »

« S'il veut démolir le théâtre, fait remarquer Daphné, pourquoi assisterait-il à un concert destiné à le sauver? »

« Parce que je suis un fervent admirateur du grand Hugo Frescanini », répond une voix derrière eux.

Tous se retournent et reconnaissent l'homme de la limousine.

« Dites donc, c'est Tam-Tam Magnet en personne! » s'étonne Sammy.

« *Tom* Magnet, corrige l'homme. Je ne me sers plus du nom de Tam-Tam depuis un bon bout de temps. Ça ne convient pas vraiment au monde de l'immobilier. D'ailleurs, comme je le disais, je suis ici à titre d'admirateur du pianiste Hugo Frescanini.

C'est le meilleur interprète que vous ayez jamais présenté, Melvin. Après moi, bien sûr. » Tom Magnet salue quelqu'un à l'autre bout de la pièce et s'éloigne aussitôt.

« Eh bien! On ne peut pas dire qu'il est très aimable », commente Daphné.

« N'y pensez plus, dit Melvin. Pensez plutôt à la soirée qui vous attend. »

« Justement, Monsieur Boulette, tente Sammy, où est ce buffet, déjà? »

« Juste ici, dit Melvin, en pointant l'affiche de cinéma. Il y a de la nourriture à volonté, alors servez-vous. Et, en passant, mon nom est *Boulet*. »

« Désolé, M'sieur, dit Sammy. À plus tard, vous autres », dit-il aux amis. Il se dirige vers le buffet, accompagné de Scooby.

« Ne faites pas de bêtises, vous deux », dit Daphné.

« Franchement, nous allons seulement prendre

une bouchée, dit Sammy. Quelles bêtises pourrait-
on faire ? »

« Aucune idée, dit Fred, et nous ne voulons
surtout pas le savoir. »

Chapitre 3

Sammy et Scooby traversent le hall et se dirigent vers le buffet. Ils prennent chacun une assiette.

« Tu as bien entendu ce que Monsieur Roulette a dit, Scooby? » demande Sammy.

« Rervez-vous! » aboie joyeusement Scooby. Ils commencent à se servir, en empilant dans leurs assiettes, de petites portions de chacun des mets du buffet. Une fois au bout de la table, ils ont une assiette si remplie qu'elle leur bloque la vue.

« Dis donc, Scooby-Doo, crie Sammy, où es-tu? »

« Rar ici », répond Scooby. Ils sont tout près l'un de l'autre, mais ils ne peuvent pas se voir par-dessus leurs monticules de nourriture.

« J'imagine qu'il n'y a plus qu'une chose à faire », dit Sammy.

« Manger! » s'exclament-ils en chœur.

En moins d'une minute, Sammy et Scooby vident leurs assiettes.

« Ah, tu es là, Scooby-Doo! s'exclame Sammy maintenant que la pile de nourriture qui l'empêchait de voir a disparu. T'en veux d'autre? »

« R'est sûr! » aboie Scooby. Cette fois, il

commence à y avoir une petite queue au buffet. Sammy et Scooby attendent près d'une femme en tailleur bleu avec des imprimés de lignes, de formes et de chiffres.

« Eh, Scooby! chuchote Sammy. Regarde donc madame Construction, juste là. Je pense qu'elle porte les plans de son condo! »

« Ou de ma future niche », blague Scooby-Doo. Sammy et Scooby rigolent, jusqu'à ce que la femme en question se tourne vers eux.

« En fait, ce sont les plans du théâtre, précise-t-elle. J'ai demandé à un ami designer de les reproduire sur tissu. »

Au même moment, Daphné, Fred et Véra s'approchent de la file.

« Votre ensemble est fantastique, dit Daphné. Je l'ai remarqué de l'autre bout de la pièce. »

« Merci, dit la femme. Je m'appelle Béatrice Doré et je suis architecte au centre-ville. Ce tailleur est ma façon de rendre hommage à notre magnifique théâtre. »

« Vous êtes donc d'accord avec les gens qui manifestent, dehors? » demande Fred.

« Pas du tout! répond Béatrice. C'est effectivement un magnifique théâtre d'autrefois, mais il a fait son temps. »

« Que voulez-vous dire? demande Daphné, le hall est superbe. »

« Superbe, mais plein de courants d'air, répond Béatrice. Et que dire de la salle? La moitié des sièges sont brisés. Il faut remplacer le chauffage, et le plancher s'affaisse. Il a même fallu condamner les places au balcon, parce que le plâtre tombait du plafond. L'idéal serait de le démolir. »

« Comment se fait-il que vous le connaissiez si bien? » demande Véra.

« Je suis architecte et j'ai fait une étude de ce bâtiment il y a à peine quelques jours, dit Béatrice.

Bon, si vous voulez bien m'excuser, je dois trouver un de mes clients. Il n'est sûrement pas loin. »

Béatrice s'éloigne au moment où Sammy et Scooby atteignent à leur tour le buffet. Ils prennent chacun une autre assiette, et comme ils s'apprêtent à la garnir, un énorme bruit fait trembler la pièce.

« Ranger! » crie Scooby en plongeant sous la table du buffet.

« Allons, Scoob, dit Sammy. Tu ne vas quand même pas laisser un petit bruit de rien du tout te chasser de ce fabuleux buffet? »

Un autre grand bruit retentit dans la pièce. Tout le monde se bouche les oreilles.

« Aïe! Pousse-toi, Scooby », s'écrie Sammy en se précipitant à son tour sous la table.

« Qu'est-ce qui fait tout ce tapage? » demande Daphné.

« On dirait une guitare électrique », répond Fred.

« Avec un très gros ampli », ajoute Véra.

« Ça vient d'où? » reprend Daphné.

« Je n'en sais rien, mais j'ai l'impression que

monsieur Boulet va essayer de le savoir », fait remarquer Véra.

« Alors, nous devrions essayer aussi, dit Fred. Allons-y! » Tous trois suivent Melvin à l'autre bout du hall et passent par une porte non identifiée.

« Attendez! » crie Sammy, sous la table. Scooby et lui surgissent hors de leur cachette et regardent autour d'eux. « Dis donc, par où sont-ils partis? Comment les retrouver? »

Scooby réfléchit un instant.

« Ruis-moi! » aboie-t-il. Scooby colle le nez par

terre et se met à renifler autour. Il trouve une piste et la suit jusqu'au grand escalier qui débouche au milieu du hall. Sammy est sur ses pas.

« Faites confiance à Scooby-Doo, dit-il. Il a du flair! »

Chapitre 4

Fred, Daphné et Véra suivent Melvin jusqu'au bout d'un long corridor. Puis, ils empruntent une porte qui mène aux coulisses. Comme le rideau est baissé, la salle est cachée. Ils voient Melvin sur la scène, debout près d'un piano à queue, parler à un homme plutôt âgé, vêtu d'un pantalon brun, d'un gilet beige à manches longues et d'une vieille veste brune.

« Gus, tu dois faire quelque chose, implore Melvin. Tu connais tous les recoins de cette bâtisse. Sais-tu d'où venait cette musique? »

« J'ai travaillé ici 35 ans, dit Gus et j'en ai entendu des choses, mais c'est la première fois que j'entends quelque chose comme ça. On dirait qu'il y a un fantôme. »

« Les fantômes n'existent pas », intervient Véra.

Melvin et Gus se retournent et voient Véra, accompagnée de Fred et de Daphné.

« Peut-être bien que oui, peut-être bien que non, ma petite dame, répond

Gus. Tout ce que je sais, c'est que des choses étranges se passent ici depuis quelques jours. »

« Ah oui? dit Daphné. Quoi, par exemple? »

« Eh bien! Une poche de sable s'est détachée de la charpente et est tombée sur la scène en y faisant un grand trou, explique Gus. Ensuite, le rideau ne remonte plus qu'à moitié; il reste coincé. »

« Tout cela, c'est parce que le théâtre est très vieux, dit Melvin. Il n'y a pas de fantôme ici. Le concert doit commencer très bientôt. Gus, jette un coup d'œil autour et vois ce que tu peux trouver. Assure-toi simplement de revenir à temps pour le lever du rideau. »

« Très bien, je vais jeter un coup d'œil, dit Gus. Mais je ne vous promets rien. Je suis régisseur de théâtre, pas traqueur de fantômes. » Et il s'en va en grommelant.

« Je vais voir monsieur Frescanini, dit Melvin. Vous, les jeunes, allez choisir un siège. Les spectateurs arriveront bientôt. » Melvin se dirige vers les loges, dans les coulisses.

« Eh! Où sont donc Sammy et Scooby? » demande Fred.

« Je croyais qu'ils nous suivaient », répond Daphné.

« Il y a quelqu'un? » crie Sammy. Sa voix résonne dans toute la salle.

Les autres, sur la scène, tentent de voir d'où provient la voix.

« Sammy? Scooby-Doo? Où êtes-vous? » demande Véra.

Fred, Daphné et Véra passent de l'autre côté du rideau.

« Rar ici », aboie Scooby-Doo. Sa voix retentit dans toute la salle.

« Voyons! Nous sommes ici, au balcon! » crie Sammy.

« Que vous faites-vous là-haut? » leur crie Daphné.

« Nous vous cherchions, répond Sammy. Nous avons pris le mauvais couloir et nous nous sommes retrouvés ici. Nous descendons tout de suite! »

« Rejoignons-nous dans la salle », leur crie Fred.

Sammy regarde Scooby : « Allons-y, mon vieux. » Ils se dirigent vers la sortie.

Après avoir passé la porte, ils descendent le grand escalier. À mi-chemin, ils entendent une musique derrière eux.

« Hum, Scooby-Doo, t'as apporté une radio? » demande Sammy.

« R'wouf! » répond Scooby, en faisant signe que non.

Se retournant lentement, ils constatent qu'un fantôme les regarde, du haut des marches. Il est très grand, porte des lunettes de soleil et joue de la guitare électrique.

« Aïe! Un fantôme! Un fantôme! » s'écrie Sammy.

« Ranger! » aboie Scooby-Doo.

« Viens, Scoob, partons! » Sammy et Scooby dévalent l'escalier. Une fois dans le hall, ils constatent que les spectateurs sont déjà entrés dans la salle de concert.

« Dis donc, tout le monde est entré, dit Sammy. Il faut informer les autres. J'espère seulement qu'il n'est pas trop tard. »

Chapitre 5

L e récital de piano est sur le point de
commencer. Sammy et Scooby ouvrent
doucement les portes et entrent dans la salle. Ils
regardent partout autour pour trouver Fred,
Daphné et Véra.

« Franchement, vus de dos, les gens se
ressemblent tous, dit Sammy. Nous ne les
retrouverons jamais. »

« Ruis-moi! » ordonne Scooby. Il colle le nez au
sol et se met à renifler.

« Oh non! pas encore, dit Sammy. La dernière
fois que tu as suivi une piste, tu nous as menés
directement à un fantôme! Cette fois-ci, nous allons

utiliser mes yeux. Il y a assez de lumière pour que j'arrive à les repérer en un rien de temps. »

Les lumières de la salle commencent à diminuer d'intensité.

« À moins, évidemment, que quelqu'un n'éteigne », précise Sammy.

Melvin Boulet s'avance sur la scène. Les spectateurs commencent à applaudir.

« Merci, Mesdames et Messieurs, dit Melvin. Je suis heureux de vous accueillir au théâtre du Palais. Je tiens à vous remercier d'avoir généreusement contribué à garder ouvert ce magnifique théâtre d'autrefois. Sans plus tarder, voici le célèbre pianiste de concert, Hugo Frescanini! »

Le rideau se lève comme Melvin quitte la scène. L'auditoire applaudit très fort. Sur la scène, à côté du piano à queue, se tient un homme de petite taille, vêtu d'un smoking. Hugo Frescanini salue bien bas, puis s'installe au piano. Il place les mains au-dessus du clavier. Tous les spectateurs gardent le silence. Même Sammy et Scooby sont tranquilles. Au moment où Hugo Frescanini dépose les doigts sur le clavier, un gros nuage de fumée envahit soudainement la scène. Tout le monde sursaute. Une fois la fumée dissipée, on aperçoit un fantôme sur la scène, à côté du piano.

« Aïe! Revoilà notre fantôme! » s'exclame Sammy.

Le fantôme lève une main en l'air et pince une corde de sa guitare électrique. La musique résonne dans toute la salle. Le son est le même que celui qui avait effrayé tous les gens du hall. Cette fois-ci, le fantôme joue une chanson. La musique est vraiment très forte. Tout en jouant, le fantôme chante d'une voix étrange, qui résonne.

« Vous devez tous partir!
Le théâtre doit fermer!
Je vais vous le redire :
Ce théâtre est hanté.
Vous n'allez applaudir
Qu'un esprit condamné. »

« Dis donc, dit Sammy. Si ce n'était pas un fantôme, je dirais qu'il a du talent pour la musique hip hop! »

Lorsque le fantôme joue son dernier accord, un autre nuage de fumée envahit la scène. Une fois la fumée disparue, le fantôme n'est plus là, pas plus que Hugo Frescanini.

Tous les spectateurs se lèvent et s'enfuient en courant.

« Comment retrouver les autres, maintenant? » demande Sammy.

« Romme ça », dit Scooby, en grimpant sur les épaules de Sammy afin de voir partout.

« Bien pensé, Scoob », dit Sammy.

Melvin se précipite sur la scène. « Mesdames et Messieurs, supplie-t-il, restez calmes. Tout ira bien. » Se retournant, il crie

en direction des coulisses : « Gus, baisse ce rideau! »

Comme rien ne bouge, Melvin quitte la scène en courant pour abaisser le rideau lui-même.

Fred, Daphné et Véra quittent leur siège pour inspecter eux aussi les coulisses. Scooby les voit se lever.

« R'allons-y, Sammy! aboie-t-il. Rar ici! » Il guide Sammy parmi la foule et rattrape Fred, Daphné et Véra. Une fois dans les coulisses, ils trouvent Melvin, assis sur un tabouret à côté des câbles du rideau.

« Monsieur Boulet, ça va? » demande Daphné.

Avant que monsieur Boulet ne puisse répondre, un gémissement se fait entendre.

« Danger, c'est encore le fantôme! s'écrie Sammy. Il n'arrête pas de nous suivre! »

« Je trouve que ça ne ressemble pas beaucoup à notre fantôme guitariste, fait remarquer Véra. On dirait plutôt une voix d'homme. »

Ils regardent autour d'eux.

« Par ici! » crie Fred. Il se penche derrière un élément du décor afin d'aider Gus à se relever.

Celui-ci se tient la tête.

« Gus, ça va? » demande Melvin en courant vers lui. Il l'aide à se rendre au tabouret.

« Bien sûr que non, répond Gus avec mauvaise humeur. Quelque chose m'est tombé sur la tête. J'ai dit des millions de fois que cette bâtisse tombait en ruines et qu'il fallait la vendre. Dieu sait que j'ai bien mérité de me reposer. »

« Je ne sais plus que faire, se décourage Melvin. Aussi bien fermer tout de suite, alors. Une fois que la rumeur concernant ce fantôme et ce qui est arrivé à

Hugo Frescanini se répandra, on m'y obligera, de toute façon. »

Fred invite ses amis à se rassembler autour de lui. Ils chuchotent quelques minutes entre eux.

« Monsieur Boulet, dit Fred, laissez-nous aller au fond de cette affaire. »

« Je ne sais si… » commence Melvin.

« Pensez-y, vous n'avez rien à perdre », dit Daphné.

Melvin réfléchit un instant. « Pourquoi pas? Je suis prêt à tout pour empêcher la rumeur de se répandre. »

« Ne vous inquiétez pas, Monsieur Boulet, dit Véra. Vous ne le regretterez pas. »

« Viens t'allonger dans mon bureau, Gus », dit Melvin en emmenant Gus avec lui.

Après leur départ, Fred se tourne vers les autres : « Les amis, au boulot! »

« J'aimerais vérifier l'escalier qui mène au balcon, là où Sammy et Scooby disent avoir vu le fantôme », dit Fred.

« Bonne idée, Fred, dit Daphné; je t'accompagne. »

« Sammy, Scooby et moi allons inspecter la scène, dit Véra. Nous devrions y trouver des indices. »

« D'accord! Retrouvons-nous tous ici », répond Daphné. Fred et Daphné quittent les coulisses et se dirigent vers l'escalier menant au balcon. Véra prend quelques minutes pour faire le tour de la scène.

« Vous deux, voyez si vous pouvez trouver quelque chose sur la scène, dit-elle. Moi, je vais voir s'il y a quelque chose là où nous avons trouvé Gus. » Véra va voir ce qu'il y a derrière la toile de fond.

Sammy et Scooby cherchent sur la scène, pendant quelques minutes.

« Psst, Scooby! chuchote Sammy. J'ai une idée. Va t'asseoir au piano et attends mon signal. »

« R'accord », dit Scooby, qui va s'asseoir sur le banc de piano.

« Mesdames et Messieurs, dit Sammy. Je suis très heureux de vous présenter le célèbre pianiste international, Scooby-Dooberinini. » Sammy tire sur les câbles du rideau de la scène. Puis, il actionne le levier de blocage qui empêche le rideau de retomber. « Sapristi! Ce rideau est plus lourd qu'il n'en a l'air », s'exclame-t-il.

Scooby regarde vers les sièges vides et salue. Puis, il lève les pattes au-dessus du clavier et commence à jouer. Sammy se bouche les oreilles et s'approche du piano.

« Regarde, Scooby-Dooberinini, je vais te montrer ce que c'est, de la vraie musique », dit Sammy en s'assoyant à côté de lui. Sammy commence à jouer *Frère Jacques*. Aussitôt, Scooby l'accompagne, et ils jouent ensemble. Ils s'amusent tellement, qu'ils ne voient pas Véra revenir. Elle s'apprête à gronder Sammy et Scooby lorsqu'elle remarque quelque chose par terre.

« Eh! qu'est-ce que c'est? » demande-t-elle en ramassant un bout de papier.

Toujours en train de jouer, Sammy et Scooby ne l'entendent pas.

« Ça suffit, vous deux! déclare Véra. Vous êtes censés chercher des indices. »

« Encore juste une note, Véra, dit Sammy. Prêt à jouer la grande finale, Scoob? » Tous deux lèvent mains et pattes bien haut et les laissent retomber sur le clavier pour plaquer l'accord final. Au même instant, un nuage de fumée envahit la scène, et ils entendent Véra crier. Une fois la fumée dissipée, ils constatent que Véra a disparu.

« Aïe! Dis donc, c'est à croire que notre musique l'a fait s'évaporer, dit Sammy. Véra? Véra, dis donc, où es-tu passée? » crie Sammy.

« Réra? » aboie Sammy.

Sammy et Scooby sautent du banc de piano et cherchent autour.

« Oh, non! dit Sammy. Nous devrions aller chercher les autres : j'ai l'impression que le fantôme a enlevé Véra! »

« Au recours! Au recours! » aboie Scooby.

Peu de temps après, Fred et Daphné arrivent en courant. « Que se passe-t-il? » demande Fred.

« C'est Véra », dit Sammy.

« Qu'est-ce qu'elle a? » demande Daphné.

« Elle a disparu! » répond Sammy.

« Quoi? Comment cela? » demande Fred.

« Eh bien! Scooby et moi étions en train de jouer du piano. Véra se tenait juste ici. Tout à coup, un gros nuage de fumée est apparu, puis la première chose que l'on a su, c'est que Véra avait disparu. »

« J'espère qu'elle n'a rien », s'inquiète Daphné.

« Je vais bien », crie Véra. Sa voix semble venir de très, très loin.

« Véra? Où es-tu? » crie Fred.

« Je suis en haut, au balcon, répond Véra. Attendez-moi. J'ai des indices qui vont vous intéresser! »

Chapitre 7

Quelques instants plus tard, Véra rejoint les autres sur la scène.

« Dis, Véra, tout va bien? » demande Sammy.

« Ça va, Sammy », répond-elle.

« Que s'est-il passé? demande Fred. Comment t'es-tu retrouvée en haut, au balcon? »

« J'étais debout sur la scène, à côté du piano, explique Véra, lorsque j'ai senti le plancher glisser sous moi. J'ai atterri sur une pile de coussins. Comme il faisait un peu noir, j'ai dû chercher mon chemin en tâtant le mur. J'ai monté quelques marches et je me suis retrouvée au balcon. »

« Incroyable! Un passage secret, dit Daphné. Voilà qui explique bien des choses. »

« Tout comme ce que nous avons trouvé, ajoute Fred. En haut de l'escalier, Daphné et moi avons remarqué des fils électriques, cachés sous le tapis. Ce sont des fils de haut-parleur, qui traversent le mur derrière l'une des affiches. »

« Eh bien! Qu'est-ce vous dites de ça? dit Sammy. Notre fantôme est branché en matière de son! » Lui et Scooby s'esclaffent bruyamment.

« Et ce n'est pas tout, poursuit Véra. Avant d'entreprendre ma petite exploration, j'ai trouvé ceci sur la scène », dit-elle en montrant un billet de concert.

« J'ai l'impression que notre fantôme guitariste va bientôt perdre le fil de son histoire. »

« Tu as raison, Fred », répond Véra.

« Le moment est venu de lui tendre un piège, dit Fred. Voici le plan. Sammy et moi allons nous cacher derrière la toile de fond. Scooby, tu vas t'asseoir au piano, comme si tu étais un pianiste de concert. Lorsque le fantôme apparaîtra, Sammy et moi jetterons la housse du piano sur lui. »

« Dis donc, comment sais-tu que le fantôme reviendra? demande Sammy. Il ne donne peut-être jamais deux spectacles le même soir. »

« S'il veut vraiment nous expulser de ce théâtre, il reviendra, raisonne Fred. Surtout s'il croit que Scooby s'apprête à donner le concert que Hugo Frescanini devait présenter. »

« C'est bien, mais je crois qu'il y a un petit problème », mentionne Sammy.

« Quoi donc? » demande Fred.

« Ton plan ne semble pas faire l'affaire de notre pianiste, là-bas », répond Sammy. Il pointe le doigt vers Scooby-Doo, assis, pattes croisées.

« Allons, Scooby-Doo, dit Daphné. Tu ne veux donc pas nous aider? »

Scooby détourne le regard. « R'wouf! » dit il.

« Le ferais-tu en échange d'un Scooby Snax? » demande Véra.

Scooby ne bronche pas.

« Que dirais-tu de deux Scooby Snax? » dit Fred.

Scooby secoue la tête. « Trois Scooby Snax, alors? » propose Daphné en lui montrant trois biscuits.

« Dites donc, je vais le faire, moi, contre trois Scooby Snax », dit Sammy.

« Pas restion! » aboie Scooby. Il bondit devant Sammy et avale d'un trait les biscuits que Daphné tient. « Scooby-Dooby-Doo! » aboie-t-il.

« Bravo, Scooby! » dit Daphné.

« Je vais chercher monsieur Boulet », dit Fred.

« Ainsi, tout sera plus crédible. Sammy, en attendant, aide Scooby à s'habiller en prévision de son rôle. »

« Pendant ce temps, ajoute Véra, Daphné et moi retournons dans le passage secret. J'ai l'impression qu'il y a autre chose à découvrir. »

« Je crois que nous avons un bon plan, dit Fred. Allons-y! »

Chapitre 8

Fred revient sur la scène, accompagné de monsieur Boulet.

« Vous êtes sûrs que ça marchera? » demande Melvin.

« Absolument, dit Fred. En passant, je n'ai pas vu Gus, dans votre bureau. Il va bien? »

« Oh, oui! explique Melvin. Comme il voulait rentrer chez lui, il est parti il n'y a pas longtemps. »

« Je vois, dit Fred. Sammy! Scooby! Où êtes-vous? »

« Dis donc! Tu ne sais pas qu'un grand pianiste n'aime pas être bousculé? demande Sammy. Le grand Dooberinini arrive bientôt. »

Fred demande : « Prêt, Monsieur Boulet? »

« Quand vous voudrez », répond-il.

« Alors, tout le monde en place! dit Fred.
Allons-y, Sammy. » Fred et Sammy quittent la scène
et se cachent derrière les décors. Ensemble, ils
tiennent la grande housse de piano en toile.

« Oh, Monsieur Dooberinini! dit bien fort
Melvin. Vous êtes prêt? »

Scooby-Doo s'amène sur la scène. Il porte une
veste de gala et un nœud papillon noirs. Son toupet
est lissé vers l'arrière.

« Merci d'avoir accepté
de venir si rapidement,
Monsieur Dooberinini,
dit Melvin. Ce qui
est arrivé à monsieur
Frescanini est
vraiment terrible.
Nous vous sommes

reconnaissants de bien vouloir donner le concert à sa place. »

« Re n'est rien », répond Scooby.

« Veuillez vous asseoir et vous assurer que le piano répond bien à vos attentes professionnelles », dit Melvin à Scooby.

« R'accord! » aboie Scooby.

Scooby prend place au piano. Il lève les pattes bien haut puis les dépose sur les touches. Il entame une version rythmée de *Frère Jacques* en malmenant le clavier. Alors qu'il vient de plaquer un accord particulièrement bruyant, une bouffée de fumée apparaît. Le fantôme surgit dans la fumée qui se dissipe.

Marchant derrière Scooby, il tire un accord de sa guitare électrique. La musique résonne dans toute la salle.

« Ranger! » aboie Scooby en se levant.

« C'est le moment! » s'écrie Fred, qui sort de sa cachette en compagnie de Sammy. Ils lancent la housse de piano dans les airs, mais le fantôme réussit à l'éviter, et la housse tombe sur Melvin Boulet. Pensant avoir attrapé le fantôme, Fred et Sammy le plaquent au sol.

Le fantôme poursuit Scooby, qui se met à courir autour du piano. Étirant le bras, le fantôme réussit à agripper la veste de Scooby. Incapable d'avancer, Scooby se dégage de ses manches, ce qui fait chanceler le fantôme jusqu'au piano. Le couvercle du piano se referme sur le fantôme, qui est maintenant prisonnier. Le fracas causé par le couvercle fait tellement peur à Scooby, qu'il quitte la scène en courant. Fonçant dans les câbles du rideau, il déclenche accidentellement le verrou de blocage du rideau.

Sa queue se coince dans les câbles. Il est hissé au plafond juste comme le rideau s'effondre sur le fantôme, achevant de l'emprisonner.

Fred et Sammy aident Melvin à se dégager de la housse de piano.

« Désolé, Monsieur Boulet, dit Fred, j'espère que vous n'avez pas de mal. »

« Ne vous en faites pas, dit Melvin. Avez-vous capturé le fantôme? »

Ils regardent le piano. Le fantôme se débat vigoureusement sous le couvercle.

« Dites donc, où est Scooby-Doo? » demande Sammy en regardant autour de lui.

« Au recours! Rammy! crie Scooby. Là-raut! » Levant les yeux au plafond, Sammy, Fred et Melvin aperçoivent Scooby agrippé au câble du rideau.

« Scooby-Doo, ce n'est pas le moment de faire des acrobaties, dit Sammy. Nous venons d'attraper un fantôme. »

« Je vais l'aider à redescendre », dit Melvin. Il s'approche et fait lentement monter le rideau. Au fur et à mesure que le rideau monte, Scooby redescend.

« Rerci! » dit Scooby en léchant généreusement le visage de Melvin.

Fred s'approche du piano. « Tout le monde connaîtra bientôt l'identité de ce fantôme hip hop, dit-il. Monsieur Boulet, à vous l'honneur! »

« Attendez-nous! » crie Véra. Elle monte sur la scène, accompagnée de Véra et de Hugo Frescanini.

« Monsieur Frescanini, s'écrie Melvin. Est-ce que ça va? »

« Ça va, grâce à ces jolies jeunes dames qui, j'ignore comment, ont su exactement où me trouver », répond le pianiste.

« Il était dans une petite pièce, sous la scène, dit Véra. Tout près du passage que j'ai découvert. »

« Maintenant, voyons qui est derrière tout cela », dit Melvin. Il lève le couvercle du piano et retire la housse qui couvre le fantôme.

« Béatrice Doré! s'exclame Melvin. Je n'en crois pas mes yeux! »

« Exactement ce que nous pensions », dit Véra.

« Comment avez-vous su? » demande Melvin.

« J'ai d'abord trouvé ce billet sur la scène, tout de suite après la disparition du fantôme et de monsieur Frescanini, explique Véra. Je savais donc qu'il ne pouvait s'agir d'un vrai fantôme, puisqu'un fantôme n'aurait pas eu besoin de billet pour entrer. »

« Un vrai fantôme n'aurait pas, non plus, eu
besoin de fils électriques pour amplifier sa musique,
poursuit Daphné. Les fils que nous avons trouvés
au balcon menaient à des haut-parleurs cachés dans
les murs. »

« Au début, nous avons cru que le fantôme était
Tam-Tam Magnet », dit Fred.

« Nous trouvions plutôt étrange qu'il vienne
dans un théâtre qu'il souhaite démolir », dit
Daphné.

« Cependant, nous avons constaté que le
fantôme connaissait fort bien les lieux », enchaîne
Fred.

« Surtout les passages secrets sous la scène, ajoute Véra. Il savait également comment brancher la trappe de la scène aux touches du piano. »

« Il ne restait donc que deux suspects : Béatrice et Gus », poursuit Daphné.

« En effet, Gus n'était jamais dans les environs lorsque le fantôme apparaissait, dit Fred. Mais sa blessure à la tête était réelle. »

« Nous avons pensé qu'il ne pouvait pas s'être blessé simplement pour détourner les soupçons », dit Daphné.

« Il restait donc Béatrice », déclare Véra.

« Mais, pourquoi donc? » demande Melvin en se tournant vers l'architecte.

« Parce que ma carrière d'architecte avait besoin d'un bon coup de pouce, dit Béatrice. Je voulais que les gens aient peur de venir au théâtre afin que vous le vendiez à Tam-Tam, je veux dire, à Tom Magnet. J'espérais pouvoir ensuite lui vendre mes plans de mégaplexe. »

« Je ne crois pas que cela sera nécessaire », déclare Tom Magnet. Il descend l'allée centrale. Lisa, Ted et un policier l'accompagnent.

« Que dites-vous là? » demande Melvin.

« Il y a un monde fou, dehors, explique Tom Magnet, et on dirait qu'ils veulent des billets. Pas vrai, les jeunes? »

« Je vous jure : c'est pas mal impressionnant », dit Ted.

« Nous avons entendu parler du fantôme hip hop qui joue de la guitare et nous voulons tous le voir », dit Lisa.

« Vous voulez dire que des gens font la queue aux portes du théâtre? » demande Melvin.

« Tout à fait, dit Lisa. Tout le monde parle de ce fantôme qui joue du hip hop. Je parie qu'encore plein de gens viendront. »

« Oh, c'est vraiment dommage, car ce fantôme n'est… » commence Sammy, interrompu par Melvin qui lui couvre la bouche.

« C'est vraiment dommage, parce que le fantôme ne pourra pas jouer devant tout le monde en même temps, dit Melvin. Mais nous trouverons une solution. Nous pourrions faire deux spectacles par soir. C'est fantastique! »

« Alors, Monsieur Boulet, on dirait que vous avez trouvé une façon de sauver le théâtre du Palais », dit Fred.

« Je ne vais certainement pas remercier de jeunes fouineurs et leur chien au nez fourré partout », marmonne Béatrice.

« Monsieur l'agent, pourriez-vous conduire madame Doré au poste? demande Melvin. Je vous rejoindrai bientôt. » Le policier monte sur la scène et emmène Béatrice Doré.

« Le bonheur des uns fait le malheur des autres, dit Tom Magnet. Cet immeuble aurait fait un beau mégaplexe. Bonne chance, Melvin », dit-il en quittant le théâtre.

« Merci, les enfants, de m'avoir aidé de la sorte, dit Melvin. Rien de tout cela ne serait arrivé sans vous et votre merveilleux chien. »

« Parlant de notre merveilleux chien, dit Véra, où est passé Scooby-Doo? »

« On dirait que le fantôme lui a appris une ou deux choses », dit Sammy.

Jetant un coup d'œil autour, les amis constatent que Scooby-Doo a mis les lunettes de soleil du fantôme pour jouer de la guitare. Ted et Lisa dansent sur sa musique.

« Scooby-hip-hop-Doo! » aboie-t-il.

Tout le monde éclate de rire au son de la musique.

Un mot sur l'auteur

Petit garçon, James Gelsey rentrait de l'école, chez lui en courant, pour regarder les dessins animés de Scooby-Doo à la télé (après avoir encore fait ses devoirs!). Aujourd'hui, il aime encore les regarder, en compagnie de sa conjointe et de sa fille. Il a aussi un chien bien vivant, qui répond au nom de Scooby, et qui adore lui aussi les Scooby Snax!

Aide Scooby-Doo à résoudre un mystère!

MYSTÈRES SCOOBY-DOO

de James Gelsey

Lis-les tous!

Aïe!

R'wouf! R'wouf!

5,99 $ chacun!

N° 1 Scooby-Doo et l'homme des neiges

N° 2 Scooby-Doo et l'épave

N° 3 Scooby-Doo et la vengeance du vampire

Chez tous les libraires!